ILS S'EN ALLAIENT
FAIRE DES ENFANTS
AILLEURS

Journaliste (*Cosmopolitan, Pilote, Libération, Le Monde de la musique...*), Marie-Ange Guillaume est l'auteur de livres pour la jeunesse, de beaux livres, de bandes dessinées, de romans et de biographies sur René Goscinny, William Sheller et Pierre Desproges.

Marie-Ange Guillaume

ILS S'EN ALLAIENT FAIRE DES ENFANTS AILLEURS

ROMAN

Éditions du Panama

TEXTE INTÉGRAL

La première édition de cet ouvrage
a paru chez Olivier Orban/Fixot en 1988

ISBN 978-2-7578-0309-7
(ISBN 2-7557-0170-6, 1ʳᵉ publication)

© Éditions du Panama, 2006

À celui de la page 71.

« Le passé est une terre étrangère, on y agit tout autrement. »

L.-P. HARTLEY

« Tout n'est pas dur chez le crocodile. Les poumons sont spongieux, et il rêve sur la rive. »

HENRI MICHAUX

Il y a de la neige partout et, cette année-là, la chute des températures bat les records saisonniers. Il est brun, avec dans les yeux le reflet de toute cette blancheur. Il croque des carottes crues en écoutant *Salut les copains*. « C'est qui, cette fille ? » s'informe-t-il d'une voix flemmarde. C'est moi. Il m'apprend à tenir debout sur mes skis. Quand il n'y a plus de neige, on s'aime par lettres. Les siennes viennent de Nantes, et je guette les mots d'amour dans sa petite écriture serrée. Le reste ne m'intéresse guère. On se voit en cachette et, dans l'hiver, on passe la journée entière à s'embrasser au bord de la Loire, qui coule chez moi et chez lui. L'eau est grise et l'herbe gelée. Sa bouche est le seul point chaud du paysage. On parle à peine. Quand on se quitte, c'est au bout du pont métallique qui traverse la Loire, et je reviens plusieurs fois sur mes pas. Il me regarde partir et revenir, on pleure et il rate son train – je l'apprends dans la lettre suivante. Un jour, il m'écrit qu'il bricole un avion miniature dans son salon. Je pâlis, je n'ai pas de salon. Quand on ne se verra plus en cachette, quand il viendra chez moi, il s'en apercevra forcément. Pour parer à cette humiliation, je romps brutalement, sans explications, très malheureuse et inflexible. C'était le premier.

Le premier. Si maintenant cet amour-là me revenait en pleine gueule, avec mes seize ans, et sa main sur la mienne comme une étonnante brûlure, j'irais me coucher en rond avec un couinement de vieux chien perclus, je ramasserais mes pattes et mes oreilles et je dirais non. Au fil des amours et des années, le muscle du cœur se met à deviner : il sait que ça va faire mal, et il dit non. J'aurais aimé passer ma vie avec ce rongeur de carottes, pour la beauté de l'image : ne connaître qu'un corps, un rire unique et une seule tendresse. Et ne jamais rien savoir de la liberté. Mais je n'avais pas de salon. Et aujourd'hui, si je compte mes amants sur mes doigts, il me manque une bonne douzaine de mains. Pourtant je n'ai jamais collectionné. Pour collectionner, il faut un brin d'optimisme, il faut croire aux vertus de l'accumulation et du rangement. Je voulais seulement l'amour comme au ciné, cadré à mort, une fois qu'on a balancé les chutes à la poubelle. Je n'ai vécu que des chutes, avec entrain : on ne sait pas à l'avance qu'on s'est levé le matin pour aller tourner une chute. J'avais la foi, celle qui fait les miracles et attire les mouches. Il m'arrive d'être belle, mais pas tous les jours et sûrement pas à ce point-là. Non, ça venait de l'intérieur : j'attendais d'être sauvée, je croyais que l'amour était fait pour ça, j'attirais les hommes. Je pensais que l'amour était obligatoire et qu'il était la clé de tout. C'est peut-être vrai mais je ne sais pas ce qu'elle ouvre.

En vérité, le tout premier, c'est à dix ans. Ma mère est infirmière dans une colonie de vacances pleine de bruyère et de vipères. La fille du cuisinier, la fille du directeur et moi-même, nous dormons dans une chambre à part pendant le mois des garçons. (Je préfère le mois des garçons.) On joue aux cow-boys et aux Indiens dans des carrières de sable. Un grand (quatorze ans) me fait prisonnière. Il me relâche si je jure de ne rien dire. Je jure. Alors il me protège, on s'aime officiellement et il vient chaque soir dans la chambre. Il s'allonge sur le lit à côté de moi, il prend ma main et nous regardons le plafond en tremblant un peu. Les filles font le guet. On sait que c'est interdit mais on ne sait pas quoi. Un jour il m'embrasse sur la bouche – fermées, nos deux bouches, hermétiques. Un autre jour je fais pipi derrière un arbre et il ameute tous ses copains. Je suis fâchée à mort, honteuse terrible. La colo est finie.

Il y a eu un commencement à tout.

Mon premier souvenir de cette planète est un kidnapping. Ma mère en robe à fleurs entre acheter du pain (tickets de rationnement et compagnie) et me laisse sur le trottoir, dans ma poussette. Je porte un bonnet blanc avec deux trous derrière les oreilles – un bonnet d'après-guerre, le modèle été. Je m'occupe, je fais des bulles, je triture ma poupée de chiffon : le corps est mou, la tête en carton dur. Je la prends par les deux bras et je m'assomme avec. À cause de ça, j'ai une bosse bleue sur le front, ça n'empêche pas l'amour. Je guette la robe à fleurs, je m'assomme encore un coup, par sympathie. Une main passe, brutale peut-être, j'ai oublié. Plus de poupée, plus rien. Je hurle, je me crève les poumons, je bouffe mon bonnet.

Et je me grave l'événement dans la mémoire pour les quarante ans à venir – rien d'officiel, juste un arrière-goût de vacherie, un ferment de pessimisme. Après, je suis tranquille : l'impuissance et la rage m'occupent une bonne partie de la semaine, ainsi qu'une trouille intense de voir s'évaporer les petits bonheurs tangibles. Ce souvenir obstiné m'a beaucoup servi. Je l'ai considéré gravement, j'en ai fait un fromage (un trauma, en français), une symphonie, une humeur définitive. Et je réclame. Surtout aux hommes, ils ont des têtes de voleurs.

Je tourne en rond sur un cochon de bois qui monte et qui descend. Ma mère apparaît régulièrement dans un virage, juste après l'arbre – j'ai mal au cœur. Les autres enfants tendent le bras vers le mickey pendu là-haut, ils crient, je ne sais pas à quoi servent tous ces enfants. Le mickey aussi revient à date fixe : ma mère, le mickey, l'arbre, ma mère, et encore le mickey, je tends le bras, j'attrape. Un serpent de velours noir me reste dans les mains. Trouille et calamité, j'ai tout cassé. Je cache l'horreur sous mon manteau, et quand la dame en blouse demande : « Mais enfin, les enfants, qui c'est qui l'a la queue du mickey ? » je ne moufte surtout pas. Je reprends la main de ma mère et on rentre à la maison : ce que je vais faire, c'est enterrer ça au fond du jardin, et qu'on n'en parle plus.

J'apprends à lire sur la table de la salle à manger. J'ai des dispositions, sauf pour le mot « écumoire » que je brame « héhumoiheu » (aspirés, les *h*). Les fenêtres donnent sur la cour de l'école, en bas – des récréations, des hurlements, des marronniers. Le jeudi et le dimanche, des marronniers seulement. Alors je descends mon barda : trois poupées dont une noire, deux ours, un Babar à lunettes de soleil et le matériel nécessaire à la préparation d'une soupe aux herbes avec, éventuellement, fourmis écrabouillées.

Un jeudi, ils me font un cadeau. Ma mère appuie son vélo contre un marronnier et pose par terre un cageot fermé. Je demande : « C'est quoi ? », elle dit : « Des artichauts », mon père rit, pas moi. Je me fous des légumes. Je m'en vais bouder ailleurs, je remonte mes chaussettes et puis je reviens parce qu'ils restent là, à manœuvrer les artichauts avec des airs stratégiques. Il y a du miracle dans l'air, un espoir insensé, un truc qui vous tient immobile, incrédule déjà. Le cageot a couiné, non ? Si je pouvais retourner là-bas, une minute seulement dans ce bonheur ahuri… C'était un chiot, un cocker blond, un crâne d'œuf et le ventre plissé. On l'appelait Friski, il me léchait les joues.

Plus tard, ils me reprennent le cadeau. Je devrais dormir mais je tremble en chemise de nuit contre la porte de la cuisine, avec une intuition de chagrin. Côté cuisine, un type est venu chercher mon chien. Il va le rendre heureux dans une saloperie de jardin parce que mon chien s'ennuie en appartement, à ce qu'il paraît.

Pour ce qui est de l'ennui, moi aussi.

Et j'attends. J'attends la lune, les œufs en chocolat sous les laitues de ma grand-mère, j'attends le retour de Friski dont j'ai tout oublié sauf le cageot et la porte de la cuisine, et que mon père se décide à m'épouser. J'attends furieusement, en larmes, que quelque chose ou quelqu'un veuille bien rallumer la lumière.

Et puis nous avons quitté la cour de l'école, pour une maison dans un jardin, avec des groseilles, des fleurs et des chats. Jamais une voiture ne passait par là. Au bout de la rue, c'était autre chose. C'était le domaine des gamins qui, suivant la lune, me servaient de copains ou d'ennemis héréditaires. Des graines de potence, descendants d'Espagnols ou de poivrots. La rumeur disait : la rue n'est pas pour une fille d'institutrice. La rumeur m'attirait dans la rue. C'était facile, il suffisait de se montrer serviable, volontaire pour aller chercher le pain avant le dîner, et ils étaient tous là, le nez au vent, à me regarder passer : un port de reine, et les genoux au mercuro-chrome.

Il y a eu ce sale type, un soir, un vieux pas beau dans les dix-huit ans, une teigne. Il m'attrape de force, m'aplatit contre le mur et m'embrasse en vrai, la langue au fond de la bouche comme un steak cru. (Vingt-cinq ans après, on vient de raser sa maison du bout de la rue. Vengeance de cosaque, je jubile.) Il ajoute, plein d'amour : « Pleure un bon coup, tu pisseras moins. » Je ne pleure pas, je rentre en courant avec le pain, les lèvres écœurées, les joues brûlantes. J'essaie de me concentrer sur le *Club des inventeurs* à la télé. Un génie à lunettes nous montre le fruit de douze ans de labeur : un ouvre-boîte indestructible, capable de défier les siècles. Mais ce soir-là, mon plaisir est gâché par cette dégueulasserie dans la bouche, et une vague inquiétude : c'est ça, l'amour ?

Il y a eu ce jour où ma copine – celle qui me sert de sœur, au numéro 16 de la rue – est partie vierge et revenue mystérieuse, un peu froissée, un peu luisante, ou bien c'était moi qui la voyais briller. Il y a eu tout un apprentissage de la vacherie amoureuse, à Orléans, ville lourde et venteuse où j'ai vécu vingt ans.

Il nous abrite pour une nuit (mon fiancé, quelques copains et moi) en attendant le train du lendemain. Une nuit d'été, une nuit de vacances. Tard dans le noir, je l'entends sangloter. J'y cours en douce, je me glisse à côté de lui, sur lui, considérant sans doute que c'est une bonne manière de le consoler. C'en est une. Il me retourne sans un mot, avec des gestes tendres, un corps lourd, un sourire presque joyeux déjà. Je me laisse faire, sans douleur malgré le sang, sans réticences ni désir, habitée seulement d'une pensée stupide : je ne peux pas dire non, j'ai oublié son nom. Je viens de passer trois semaines en Corse, à repousser le fiancé par crainte de la punition en vigueur à l'époque (la grossesse fortuite), et je désarme pour un inconnu en larmes. Turpitude féminine, ou navigation de paumée : tout simplement peut-être, parce que je suis triste à dix-neuf ans – ça va empirer à vingt –, je vais où ça pleure, sans réfléchir, pour le goût du sel.

Physiquement parlant, c'est lui le premier. Il m'écrit pendant des années, il s'appelle Jean comme mon père, et je n'ai jamais su pourquoi il pleurait cette nuit-là.

On se dit adieu sur le quai de la gare, à Marseille. Le train pour Bruxelles est à 12 h 10. Il est déjà 12 h 06. Serrés l'un contre l'autre, on fait tout ce qu'on peut pour oublier l'aiguille des secondes qui cavale dans la grosse pendule. À 12 h 10, le train n'est pas encore en gare. On est joyeux, c'est toujours ça de gagné sur un destin cruel. Une voix nous tire de la brume : « Putaing cong, la vache hé ! Ce putaing de traing, il a une heure de retard, sans blague hé ! » La nouvelle est confirmée par le haut-parleur. On sourit nerveusement, on prend des airs distraits, on se demande des nouvelles de nos grand-mères. Quand le train arrive enfin, on se hait.

Il est fier d'avoir passé propédeutique en prison, où il végétait comme poseur de bombe (une seule) à la solde de l'OAS. Je lis Drieu la Rochelle et n'en pense rien. Il est fasciné par la transparence des capotes anglaises, prépare des paniers pique-nique inoubliables, mais tient à épouser une femme vierge. Il finit par en trouver une.

Il peint des toiles tourmentées, très sales. Dès qu'il en vend une, il investit dans les huîtres et le vin blanc. Le lit est contre la fenêtre givrée. Une branche nue frôle la vitre et les cloches de l'église sonnent tous les quarts d'heure. C'est comme un mariage, avec cette impression d'être tout auréolée d'Art. Une nuit, il m'emmène sur le pont qui traverse la Loire et balance ses toiles par-dessus bord avec un grand rire douloureux de peintre maudit. Les toiles tourbillonnent dans le glacial. Je pleure.

Avec ses yeux noirs et son air d'en savoir long sur les mathématiques de l'âme, il dit que je finirai écrivain, et seule. Je le regarde de travers : tout ce que j'écris à ce moment de ma jeunesse, c'est *À la recherche du temps perdu*, sur un cahier à fine marge rouge. Je recopie pieusement, je suis presque arrivée à l'amour de Swann. Et tout ce que j'espère, c'est l'amour. Être deux. Pas seule, surtout.

Plus de vingt ans après, il dit que je suis la première à avoir posé la main sur son sexe. J'ai oublié, je le regarde encore de travers.

Il n'y a rien d'autre dans la pièce que le lit. Il me fait l'amour beaucoup trop longtemps mais je n'ose pas lui dire. Il parle toujours de m'emmener avec lui à la frontière de je ne sais plus quel pays en guerre. Cette idée ne m'enthousiasme pas et, des récits qu'il me fait, il me reste des images de barbelés. Il est très doux et solitaire, il n'aime pas ma bande de copains, il me plaît et je le fuis.

Huit ans plus tard, il retrouve ma trace à Paris, dans la librairie où je travaille. Il arrive sans prévenir, comme s'il venait de me quitter, avec deux crêpes au miel qui dégoulinent sur ses mains, sur la moquette et sur ma jupe. Il a envie de campagne, d'une maison avec femme et des canards. Il dit tout ça très vite et me propose d'aller boire un verre. Je refuse. Quelques jours plus tard, encore triste d'avoir laissé partir assez froidement ce type qui m'a toujours touchée, je vois arriver un de nos anciens amis communs. Je dis quelque chose de gai et virevoltant, du genre : « Ben ça alors, tu parles d'un hasard ! Je vais te donner l'adresse de ma mère, pour Guy, au cas où il me chercherait dans dix ans ! » L'ami me répond que, justement, il est venu me parler de Guy. Et il ne sait plus comment me dire qu'il s'est tué, la carabine dans la bouche, après avoir fait le tour des gens qu'il aimait, pour voir.

Il a une 4 L et un blazer bleu marine. Il enlève son blazer et le plie soigneusement. On fait l'amour à l'arrière de la 4 L, devant ma maison. Après, bien au chaud dans mon lit, je l'entends qui n'arrive pas à redémarrer.

Il est grand, solide et maladroit. Il parle avec ses mains mais il n'est pas bavard. On fait l'amour sur le bord de la Loire, sous une pluie fine et froide qu'il ne sent pas. Pour lui c'est la première fois, et pendant longtemps, il reconnaîtra l'amour à ce symptôme : insensibilité totale à la pluie, à la neige, à la merde ambiante. Il me fait un cadeau : des milliers de perles de bois anciennes, peintes et sculptées, en guirlandes sur les murs de son atelier. C'est un cadeau intransportable.

Vingt ans plus tard, on se retrouve un soir de Noël près de la Loire toujours. On n'a pas changé, on rejoue la même pièce : il se tait, je m'agite, je jacasse, il me regarde, il boit de la bière. On n'entend que moi, il rit de temps en temps, on s'en va. « À dans vingt ans », dit-il.

À nous retrouver si semblables, l'un en face de l'autre, je me demande si je quitte vraiment les gens, ou s'ils restent là, invisibles au fond de ma poche, intacts et moi aussi.

La Loire coule là-bas depuis très longtemps (c'est l'impression qu'elle donne : un entêtement), sous un ciel en perpétuelle métamorphose. Avec des idées de désert l'été, entre ses îles de sable gris. Charriant l'hiver d'énormes glaçons couverts de neige. Je la traversais quatre fois par jour pour aller au lycée, comme une corvée campagnarde, un marathon sans vitrines. Depuis que j'ai quitté la Loire, elle me manque et m'empoisonne. Parce que vivre au bord d'un fleuve, ce n'est pas comme vivre entre une crèmerie et une bouche de métro. Ça vous met dans la tête une autre envergure, des envies insatiables. Ça vous fabrique jamais contente, en somme. Alors j'y retourne, m'asseoir sur le parapet de pierre froide. Je regarde les mouettes posées sur l'eau comme des notes de musique, et tout à coup un nuage d'oiseaux noirs qui se lève au-dessus du sable. Je me souviens. J'ai aimé quelqu'un qui ne m'aimait pas, une nuit, en amont. Et puis le contraire aussi. J'ai rêvé de me noyer quand l'eau était froide et noire, mais c'est justement ce froid qui m'a retenue, et aussi le fait que je n'avais aucune envie de me noyer. J'ai emmené des chiens faire des safarislapins et des loopings dans le sable ; des chiens qui se roulaient dans le poisson pourri et se jetaient à l'eau pour secourir des bâtons. Je peux dire que, sur trois kilomètres au moins, ce fleuve m'appartient. Parfois j'écoute la rumeur de la ville, en face, et je me laisse porter jusqu'à la mer, mais je reviens vite. Plus loin, c'est trop loin. J'ose à peine le dire, mais l'idée d'aller au Brésil m'emmerde. Et pas seulement le Brésil, mais aussi les cocotiers trop voyants, ou attraper la malaria dans un marécage où je ne connais personne. L'idée d'acheter un billet pour ça. J'aime au hasard et le fleuve est parfait : il me frôle, il s'en fout, il en a vu d'autres et il emporte tout. Tant d'eau pour rien, c'est un luxe.

Il me dit que je suis sensuelle et je ne sens rien. Après, on mange des nouilles sautées dans l'huile. Celles du fond, qui collent à la poêle, ressemblent à des petits fils de fer marron.

Il n'a pas réussi à se faire réformer et part demain. Je suis venue lui dire au revoir. Il sort de la douche, enroulé dans une serviette. Comme il est à moitié nu et que je suis déjà assise sur le lit, il me saute dessus sans sommation. C'est un ami d'enfance, une poule mouillée qui a toujours attendu en bas des arbres que j'en redescende. À cause de ça, j'ai une vague sensation d'inceste – de très courte durée : il m'assassine en vingt secondes et me demande sans rire, alors qu'il a fait des années d'études compliquées, si j'ai joui. Je le trouve mignon, je ris.

Il a un « truc », une caresse précise à un endroit précis du ventre, qui rend folle n'importe quelle femme en trois secondes. C'est infaillible, chirurgical et, pour tout dire, humiliant.

Me dit : « Viens là. » Me fait mal.

Je tâte le terrain, j'ai le trac : « On ne se voit pas très souvent, non ? »

Me dit : « C'est ça ou rien. »

Il a une gueule de Nordique et une sensibilité de tank.

Son père est directeur d'école et, pour aller dans sa chambre, il faut traverser des salles de classe en enfilade, avec l'odeur de craie et les tableaux noirs vraiment noirs, la nuit.

Il me reproche, comme une douleur incompréhensible, de ne pas me livrer. Je reste muette, me demandant avec la même douleur ce qu'il faudrait livrer.

On se raccompagne mutuellement jusqu'à l'aube, traversant le pont glacial dans un sens, puis dans l'autre. Il me parle du chemisier rouge (ou de la bouche) de Joan Crawford dans le film de Nicholas Ray. Et de Truffaut, Chandler, Goodis et *Au hasard Balthazar* qui sort la semaine prochaine.

Il sait faire énormément de choses avec ses mains, comme jongler, jouer des petits airs de piano, fabriquer des mots croisés tout blancs (ou à l'envers, ou impossibles), écrire des souvenirs, des bulles et des frissons, tomber amoureux de femmes très belles et charnues.

Il a quelque chose d'aquatique. Agité en surface – clapotis, écume, embruns – et calme profondément. Il envoie des signaux de détresse ou de joie soudaines, qu'il annule aussitôt, par pudeur, ou conscience incurable de la complexité des sentiments.

Occupée à aimer passionnément un magnifique imbécile, je passe à côté de ces subtilités.

Il est d'une beauté rare, avec le désir de faire plier tout ce qu'il touche. Il me touche et je plie. Il n'aime pas me voir rire, ni même sourire. Il me veut tragique, et je m'entraîne à regarder dans le vide avec une expression méprisante. Toutes ces conditions remplies, il m'aime. La seule fois où je le trompe, par curiosité, il se retire trois semaines dans son donjon, puis il me pardonne et je suis enceinte. Je le traîne voir *Histoire de Mouchette* et il fait semblant d'aimer Bresson. Il me traîne voir *Le Gendarme de Saint-Tropez*. Pendant que ses parents visitent le Mexique, il emprunte leur voiture en bousillant la serrure du bouchon d'essence, et vient me chercher à Collioure, où je ramasse des coquillages entre un château d'époque et une église d'époque. Il trouve aussitôt les mots qu'il faut pour me libérer de lui : « Y a pas de boîte, dans ce patelin à la con ? » Il me ramène à Orléans où il connaît une adresse, puisque je suis toujours enceinte. À l'arrivée, il est orphelin. Ses parents se sont écrasés en avion au-dessus du Mexique. Il a perdu l'adresse, aussi.

Mon père est parti un matin d'été, après de longues explications, tendres mais inutiles pour moi qui n'ai jamais compris qu'on me quitte. On se reverrait, il promettait. Il a toujours tenu toutes ses promesses.

Depuis des années déjà, leur bonheur était foutu. Ça se déclenchait en nocturne, au premier étage : elle lui reprochait ses maîtresses, il lui reprochait sa mère, et trop de sel dans la soupe. Ils s'envoyaient à la gueule les trois dernières guerres, la peste et le choléra. Je prenais la chose au sérieux. Je me raidissais dans mon lit, déjà cadavre. La glace et la nuit m'emportaient, j'aurais prié si j'y avais pensé, j'aurais dégueulé si j'avais su. Le lendemain à table, ils étaient gris avec les yeux rouges, ils se croisaient sans se reconnaître – à croire qu'ils n'avaient jamais été présentés. Je voyais clairement que je n'existais pas, alors je bâfrais pour trois, je faisais des réserves en vue du pire.

Parmi ses conquêtes, il a choisi la dame de la boulangerie. Choisi, c'est une façon de parler : il a tout repris au début. Il était né dans une boulangerie, ses parents cuisaient le pain près de la gare et, toute petite, je lisais *Tintin* dans une odeur de croissants chauds. Mais il avait trop lu, trop travaillé, il avait fini professeur. Sa mère s'était mise à le regarder comme un vilain petit canard : mal tourné, en somme, avec dans la tête trop de pensées étrangères à la farine. Et voilà que ce matin d'été, il réparait : il nous laissait ses livres et ses Mozart et il s'en allait avec la dame de la boulangerie. Un jour ou l'autre, l'odeur des croissants chauds se met à vous manquer, et la vie est longue.

Moi aussi j'ai quitté la Loire et la maison. J'avais vingt ans et on m'emmenait, avec des mots d'amour exagérés et des mains sur mon corps. J'avais lu quelque part : la vraie vie est ailleurs.

Et là, devant ce vide qui la prenait, devant cette injustice, ma mère s'est attaquée à son chef-d'œuvre : remplir sa maison avec des animaux, des amis, des enfants d'amis et des arbres. Les pieds dans la terre, elle est imbattable. Et je retourne là-bas comme un chien heureux, je navigue au flair et à la certitude : là-bas ma gamelle est prête, et tous mes âges réunis, tous mes matins d'été, tout ce qui refleurit.

C'est avec lui que je ramasse des coquillages entre une église d'époque et un château d'époque, à Collioure. Et c'est lui qui m'emmène à Paris. On change d'hôtel chaque soir, entre la rue de Seine et la rue de Buci. Il me prête ses pull-overs et m'offre la première mouture du livre de Truffaut sur Hitchcock. On tient chacun un journal de bord, puis il vient écrire dans le mien. Je traîne tout dans un sac – les pull-overs, le journal, Truffaut. L'hiver, on mange des tartines de moutarde chez Roger la Frite. L'été, il m'apprend à aimer la sécheresse : les Corbières, les champs de cailloux, la Patagonie de Cendrars. (« Il n'y a que la Patagonie qui convienne à mon immense tristesse. ») On traverse Mai 68 à deux sur un Solex. Il me quitte pour une autre, et encore une autre, et au bout de tout ça, on ne se quitte guère. Il photographie des femmes et des tombes, des choses vénéneuses – je le croyais heureux. Il a tous les talents sauf celui de gagner de l'argent, ça le rend infirme, et puis il boit depuis trop longtemps – je ne le savais pas – et finit par rencontrer des animaux qui n'existent pas, ou escalader des rayons de soleil inventés. Il arrête l'alcool, il y perd son rire, sa force, et devient un esprit effrayé. Il perd presque tout, mais pas son exigence, pas sa torture. Il repart dans son Sud natal avec une femme et un chien. Il perd aussi ces deux-là. Quelquefois il me fait signe – une carte postale de feignant, un mot sur le répondeur : Salut ! Un jour enfin, il revit. Et puis, décembre 87 :

ZCZC TPV561 363 1056
RMB273 BKE216 490310A 681
ILLUMINATION DÉTERMINANTE MAIS RÉFLÉCHIE
JE TE DEMANDE EN MARIAGE LETTRE SUIT

Ça, c'est le télégramme, j'attends toujours la lettre.

Parce qu'il a la peau douce et le baratin coloré de son Pérou natal, j'ose affronter en plein après-midi un de ces tenanciers d'hôtel qui vous demandent si c'est « pour la nuit ou pour moins longtemps ». À cause de ce parfum de stupre, quand je ressors de l'hôtel, je me sens une vraie femme comme au cinéma. (Une vraie femme porte des talons hauts et un imperméable serré à la taille. Elle monte des tas d'escaliers pour retrouver un homme dans une chambre d'hôtel à papier fleuri. Lui, il est allongé sur le lit et il réfléchit, les mains sous la nuque.)

Je le revois longtemps après dans les jardins du Trocadéro. Il a grossi.

Il est homosexuel mais partage ma chambre et mon lit. Une chambre de bonne bleu et blanc. Il m'offre des fleurs et m'apporte le petit déjeuner au lit.

Un jour – je ne sais pas pourquoi et lui non plus – il me fait l'amour. Ça ne le passionne guère : avisant sur le mur une prise de courant bancale, il se met à la tripatouiller. Le désir sombre dans le fou rire.

Un autre jour, il m'a fait une surprise, il a changé de place les trois meubles de la chambre. J'ouvre la porte, je ne reconnais pas les lieux, je dis « Pardon » et je referme. Et puis je réfléchis : j'ai la clé, je suis donc chez moi. J'entre à nouveau, ravie. Plus tard, il me fait cadeau d'un minuscule lapin blanc qui ronge les pieds des trois meubles et dort sur ses chaussettes.

Maintenant encore, je pense à lui chaque fois que j'allume une lampe : il avait une théorie sur la longévité des ampoules – on les grillait plus vite à allumer et éteindre qu'à laisser continuellement allumé. Il me semble qu'il était électricien de théâtre.

Je descends de la chambre de bonne bleu et blanc avec deux seaux d'eau pour briquer mon Solex. Mal réveillée, peu peignée, une éponge dans la poche. Lui, vêtu de blanc, impeccable, il descend de sa voiture et tourne dans le soleil un de ces profils qu'on dit aquilins. Il vient vers moi et sourit.

Il semble avoir quitté son appartement de l'île Saint-Louis (où il vit avec une femme que tout le monde s'accorde à trouver superbe) dans le seul but de loucher sur mon Solex et me contempler à l'état sauvage. Le temps de presser mon éponge, j'essaie de comprendre. C'est bien ça, et même un peu plus. J'abandonne mon Solex et il remonte les seaux.

Il traite mon corps comme s'il était de pure porcelaine – ce qui vous touche définitivement, à l'âme. Le soir, presque à la fermeture, il m'emmène dans un cimetière et me tient la main avec une douceur infinie, habituellement réservée aux amours véritables qui n'osent pas débuter. De deux tombes voisines sortent deux mains de pierre qui se joignaient, à l'origine. L'épitaphe le dit. Mais la terre a travaillé, ou les racines des arbres, ou une vacherie remontée d'entre les morts. La pierre bousculée a séparé les mains.

Il me sort dans une boîte ennuyeuse. Il a SON nom sur SA bouteille de Chivas et en conçoit une certaine fierté. Je lui vide sa bouteille de Chivas.

Il est blond, il est étudiant. Il partage la chambre voisine avec un ami. Il a perdu sa clé et attend son ami, assis dans le couloir. Je lui propose ma clé, qui n'ouvre que ma chambre, bien sûr.

Il est brun, il est étudiant. Le blond lui a dit que j'avais la peau douce. Il fait semblant d'avoir perdu sa clé. Il m'amuse. Puis il me trouve très tendue sous ma peau douce et me prépare une tisane calmante à une époque où je carbure au Témesta comme un clodo au 12°.

Il fait des phrases sur les mouettes, le cri des mouettes, le vol des mouettes, les flots tumultueux sur lesquels tanguent les mouettes. Puis on se rapproche du sujet : il fait des phrases sur son mauvais « rapport au corps ». Il a raison : dès qu'il cesse de faire des phrases, il n'est plus bon à rien.

C'est l'été sur le balcon. Il vit dans un studio minuscule plein de portes inutiles qui battent comme à l'entrée d'un saloon. Il a une passion pour les voiliers. J'écoute jusqu'au mal de mer des histoires de cacatois, de focs et de déferlantes. Au point que je ne sais plus si, finalement, nous avons fait l'amour ou non. Il me semble que oui.

Des années plus tard, il m'appelle : il a appris que j'avais un chien et m'annonce – comme s'il avait gagné – qu'il en a deux. Je les imagine tous les deux, poussant les portes de saloon à coups de truffe.

Il ne me plaît pas. Ni son visage aplati, ni sa voix blanche, ni son corps trop sec, ni ce qu'il me raconte, ni rien. Il vouvoie sa mère. Mais plus tard, il ira habiter la maison de sa famille – très grande, un peu abandonnée. Je me souviens d'un jour d'été parfait, où la chaleur tremble sur le potager comme dans *Le Messager* de Losey. À côté du potager, il y a un portail rouillé, hermétiquement clos sur un champ de mauvaises herbes.

Dans cette maison trop belle et un peu abandonnée, les invités font la sieste, volets clos sur la moiteur des dix-sept chambres. Je ne dors pas, je pense à la chambre voisine sans trouver le courage d'y aller. L'occupant de la chambre voisine tourne et retourne sur son lit mais ne vient pas. Plus tard, ailleurs, on se retrouvera sur un canapé-lit jaune moutarde. Mais ce qui me plaisait, c'était l'été, la torpeur et la maison.

Il suffisait qu'un homme se penche vers moi avec un rien de curiosité, qu'il plante son regard dans le mien et s'y attarde une seconde de trop, et cette beauté me chavirait – le cou, la ligne de l'épaule, une chemise à peine ouverte (pas assez), des bras plus forts que les miens, et le mal de chien que ça fait quand ça vous broie, au bout du compte.

Il suffisait que vienne un soir d'été. Parce que l'air était à la température exacte de ma peau, j'imaginais que l'homme qui passait par là, dans cette lumière-là, allait m'aimer. Il faisait tinter des glaçons dans un verre sans penser à rien mais je pensais pour lui. Je le trouvais intéressant bien avant qu'il ait parlé, je le croyais tendre puisque je l'étais, et je refermais mes bras sur lui sans rien connaître de lui, parce qu'il était en plein dans l'été, en toute innocence.

Dieu merci, l'été passe toujours et l'automne revient, et l'hiver. Je peux à nouveau respirer, oublier le bleu du ciel et l'ombre des terrasses, acheter des pull-overs, expédier des feuilles de Sécurité sociale. Et tout ça est infiniment moins désespérant que d'aimer l'été à ce point-là. Mais ça ne m'a jamais empêchée de chercher l'amour en hiver.

Là-bas en Afrique, les Massaï ont un jeu, une sorte de danse ponctuée de sauts. C'est à qui bondira le plus haut, le corps tendu vers le ciel et, sur le visage, un sourire tranquille. Un sourire qui dit : « Ce n'est rien, voyez-vous, c'est facile. » J'étais montée sur ressorts. J'étais capable de sauter très haut. Je m'assommais à un truc invisible et je retombais fracassée, avec ce sourire de Massaï.

Il se nourrit de pilpil et élève des abeilles au bibe-ron. Il lit des livres sur les peuplades primitives, et ses enfants sont libres d'exprimer comme ils l'en-tendent leurs perversions polymorphes. Par exemple, ils chient n'importe où. Il est beaucoup plus fémi-niste que moi. Il a adoré cette scène de *L'Empire des sens* où le héros lèche avec dévotion les « mens-trues » de sa copine. Il n'a vu que ça dans le film. Moi j'ai oublié la scène, mais le mot « menstrues » me rend malade. Cette année-là, le ticket de cinéma coûte quinze francs. Je le sais parce qu'il m'a écrit une lettre miniature au dos d'un ticket de cinéma.

Il m'envoie des cartes postales.

Une de Marseille où il me souhaite un joyeux Noël.

Une d'Afghanistan où il dit que c'est le paradis de la cloche.

Une du même pays où il dit que tout a bien changé.

Une de l'île du Levant où il dit qu'il vend des glaces sur la plage.

Une de Leningrad où il dit qu'il ne sait plus où il est.

Une du Népal où il fête la nouvelle année 1098.

Une du fort de Brégançon, où il prétend écouter un accordéoniste à la terrasse d'un bistrot.

Une de Plougastel-Daoulas où il dit que c'est une belle carte.

Une de Rio de Janeiro où il dit que c'est comme le carnaval de Nice, mais en Amérique.

Une de Thessalonique où il dit que Le Pirée n'est pas un homme.

Une de Téhéran où il raconte en persan la dernière de Téhéran.

Une de Beograd où il dit : « Bons baisers de La Celle-Saint-Cloud. »

Une de Venise où il dit en argot une chose vulgaire.

Une des Indes où il dit qu'il fait très lourd et que tiens, ça y est, il pleut.

Une du Toad Rock au mont Abu, où il dit qu'il m'envoie une bise du Toad Rock au mont Abu.

Une qui représente des « Camels in Kabul Street », qui est postée de Maisons-Alfort, où il dit qu'il est reparti.

Un détail me rappelle vaguement quelque chose : ses incisives qui se chevauchent. Je lui dis : « On s'est déjà vus quelque part, non ? » Il m'informe avec jovialité qu'on a passé huit jours ensemble, quelques années plus tôt. Il accumule les précisions susceptibles de faire remonter en moi un souvenir qui ne remonte pas. Il va s'effondrer. Tout à coup, une lueur. Je lui dis : « Ah ! Oui ! Ta femme s'appelle Françoise ! »

Il caresse mes cheveux doucement, il murmure et sourit, m'électrise, me contemple avec un calme souverain, me fait mariner. Dieu sait pourquoi, il me fait penser aux « meubles luisants polis par les ans ». Et puis un jour, brutalement, sévèrement, il me congédie, sans raison véritable. D'instinct, en souvenir de sa mère, il se venge d'une femme qui ne lui a encore rien fait.

À deux mille kilomètres de là, occupé à planter des arbres pour ralentir l'avancée du désert, il fait de moi sa Marie du port, son phare, sa récompense, celle pour qui il veut bien essayer de construire un château de sable. Comme je le trompe avec un homme empoisonnant qui a le mérite de m'aimer sans illusion aucune, je ne suis brutalement plus rien de tout ça. Plus rien qu'une étrangère un peu douteuse. Dix ans après, à relire ses lettres, je ressemble à Ève la salope, qui a tout gâché en acceptant de parlementer avec un boa constrictor.

Je sais tout de lui – son amour insatiable des femmes. Je flaire le danger, je pars huit jours ailleurs. Au retour, il s'installe chez moi sans même avoir évoqué le sujet : il frappe à la porte, dit bonjour et pose sa valise. Je le regarde faire, je contemple cette tornade.

Il prépare un disque. Un soir, j'écoute sa voix sur le magnétophone, une belle voix triste – en fait il n'éprouve que rarement cette tristesse : il est foncièrement gai. Le téléphone sonne et on me dit qu'il est à l'hôpital, qu'il me demande. « Rien de grave, juste un panaris. » Je le savais, j'avais oublié, il gémissait depuis deux jours, le doigt dans une solution miracle. Mais le mal est fait : la voix abandonnée sur la machine, et l'hôpital. À cet instant précis, comme dans les éprouvettes du cours de chimie un liquide bleu en « précipitait » un rouge, je me mets à l'aimer.

Il lui suffit d'apparaître et je vis. Alors il ménage ses apparitions. Insomniaque, j'ausculte la nuit, le moindre craquement annonciateur, la minuterie, l'ascenseur monté trop haut, les portes qui s'ouvrent ailleurs, une voiture qui ralentit, peut-être… Le matin revient, je ne pleure pas, je ne crie pas, je me noue de toutes mes forces comme un vieil arbre et j'attends. Je ne comprends pas ce mystère : il n'appelle pas. Les jours passent, et mon cœur me lâche, vers quatre heures du matin toujours : c'est bien ma porte qui s'ouvre, c'est bien lui qui allume toutes les lumières et la radio, qui se fait brûler un steak et s'inquiète – « Tu ne dors pas ? » Un peu renfrognée mais parfaitement heureuse, je réponds : « Si, si, si. » Je ne veux plus rien d'autre que le regarder jouir – il déteste ça, il tourne la tête – et l'épuiser. Tenter de l'épuiser. Puis le regarder dormir, lui et son insupportable beauté. Il me vient des envies de trancher cette poitrine pour en sortir un cœur. Je frôle le fait divers. Il ne comprend pas ma rage puisque, parmi tout ce qu'il baise, c'est moi qu'il choisit. Je crève de fatigue et de jalousie, je prie pour que ça dure. Le matin, je me réveille dans sa chaleur. Immobile, je respire à peine. Je savoure mon bonheur de légume : il est là, je suis là, on est presque ensemble, ça prouve qu'il m'aime. Il ouvre un œil, il saute du lit en pleine forme – bonjour la vie – et me laisse les bras vides. Il prépare le café, étonné et content que je ne sois pas au boulot à cette heure-là. Et peu à peu, l'idée de ne plus aller travailler du tout germe dans ma cervelle anéantie : pour le suivre la nuit entière dans l'ennui des bistrots qui ne ferment jamais, et le voir partir à l'aube avec une belle idiote (pas forcément idiote), sans penser à mal, simplement parce que le lion est libre dans la savane. La passion mène tout droit à la sainteté. Vous avalez les clous, les épines et le vinaigre, vous tendez l'autre joue, et si quelqu'un a la bonté de vous flanquer une torgnole, c'est une bonne journée.

Alors j'y vais, je lâche mon travail, je rentre chez moi et je m'assieds sur le lit. J'attends. Je tisse ma toile pour deux ans de merveilleux amour.

Au bout de ces deux années-là, j'ai pris ses mains dans les miennes – il tremblait, je comptais ses doigts comme une abrutie – et j'ai enfin réussi à le dire : c'est fini, je ne peux plus.

Et me voilà partie crapahuter dans les Aurès, pour oublier… La 2 CV avale des forêts de cèdres immenses. Des chameaux y broutent, entre deux épopées désertiques. Ils se tordent les mandibules d'est en ouest, bien mieux que les vaches. Les copains s'amusent. Plus loin, le chaos de roche grise à perte de vue, ça passe encore parce que ça n'a rien d'humain. Dieu lui-même ignore qu'il a créé ce monde, et ça se voit d'un horizon à l'autre. Je marche sur la lune, je guéris. Mais plus loin encore, dans l'ocre du désert, il y a une oasis. Une rivière et des fleurs, l'ombre verte, la beauté à son premier jour, le bonheur au repos. L'amour me reprend comme une brute, et je reste là, plantée dans mes baskets, folle de détresse.

Je rentre chez moi et je vis seule, ou presque : il a abandonné un livre, un petit cheval de bois peint, deux disques et le tube de dentifrice ouvert – comme toujours. C'est un très joli studio au soleil, et je le laisse tomber en ruine. Je pose des bassines sous les fuites, je colmate mes fissures. J'apaise mes désirs de famille dans le métro aérien à l'heure où ça s'allume : des ampoules nues derrière des fenêtres sans rideaux ; une femme traverse une pièce jaune, une chambre s'éteint, ils se mettent à table, ils se connaissent par cœur, ils vivent, ils recommenceront demain. Ils me font envie, je me noie.

Depuis longtemps, je me coltine un rêve : une maison dans un jardin avec des cerisiers et des chiens, des chats dans l'herbe, un homme et des amis autour de la table. Une ribambelle d'enfants de tous les âges, et toujours des confitures à cuire, des feuilles à ramasser en novembre, la toiture à refaire. Un rêve de vie encombrée, très difficile à bâtir, pour moi qui n'ai jamais cessé de tout reprendre à zéro. Mais un jour enfin, parce qu'on ne peut pas éternellement mourir au lieu de vivre, j'écoute le vénérable vieux Chinois qui dit : une marche de quatre mille kilomètres commence par un pas.

Je déménage, j'achète une plante verte, un machin robuste qui ne va pas péricliter en deux jours, un lierre accroché à la fenêtre – je descends dans la rue pour juger de l'effet, je remonte, je compte les feuilles, j'en achète trois autres. Puis j'adopte une chatte perdue, une misère blanche à taches rousses, enceinte, maigre, sale, qui aime passionnément les chiens. Je lui offre un chien pour Noël. C'est un début.

Nous sommes trois copines dans un café d'Antibes. Ils sont beaucoup de marins anglais. Un blond doré parle avec ses mains et une joie de vivre intraduisible. On le ramène dans le studio-kitchenette à poutres au cœur de la vieille ville. « Beautiful, beautiful », dit-il. Il s'allonge au milieu du lit, riant en anglais, s'esclaffant comme un explorateur porté en triomphe par de plus primitifs que lui. La première copine berce sa migraine au fond d'un fauteuil. La deuxième copine s'allonge à côté de lui, ronchonne et tourne le dos. Pas désemparé du tout, il se jette sur moi et manifeste son enthousiasme jusqu'à ce que tout le monde demande grâce. Le matin, mes deux copines échangent des commentaires discourtois devant la porte de la salle de bains. On occupe la baignoire, c'est le printemps.

Le soleil se noie d'un côté, la lune monte de l'autre. Le bateau prend le large au centre du monde. Je suis assise sur des cordages enroulés, dans une odeur de sel et de mazout. Et j'aurais aimé rester seule, mais il m'apporte un verre de vin blanc frais, parlant très peu, avec un humour fataliste accordé à la lenteur des événements. Il ne drague pas, il sait qu'il a du talent et qu'il faudra bien passer la nuit. Je le sais aussi. Au matin, avec la terre à l'horizon comme une traînée de brume, il fait des vœux pour que le bateau coule. Mais jamais un bateau n'a coulé sans raison dans un port, et sur le quai, on m'attend. Il descend donc la passerelle devant moi et disparaît dans la foule sans se retourner. Très belle attitude. Quinze ans plus tard, il trouve le moyen de me téléphoner. Dommage.

Il est très beau, comme un pull-over tout neuf, et pas plus intelligent que ça. Il ne se sépare jamais de son casque de moto, qu'il tient comme un panier à salade. Il insiste pour me montrer un furoncle qu'il s'est chopé à la fesse droite, comme un trophée, visiblement sûr que rien ne peut ternir sa beauté. En réalité, ça ternit. Il revient un tas de fois, après que je lui ai expliqué qu'on n'avait jamais rien eu à se dire. Peu à peu, enfin, il disparaît.

Après qu'on a fait l'amour, il me dit que ça lui fait horriblement mal, ces temps-ci. « Comme si on me passait la queue à la brosse en chiendent », ajoute-t-il. Je lui demande avec curiosité pourquoi il ne l'a pas dit avant, ou à la rigueur, pendant. Il répond : « Pour ne pas te gâcher le plaisir. »

On s'aime dès les premiers mots, d'autre chose que d'amour. On fait l'amour quand même, en général dans une maison lointaine, pleine d'inconnus, de chats tigrés et de téléphones. Le matin, extrêmement sensibles aux froissements de l'air autour de nos gueules de bois, on avale des litres de café, on mange du poulet. Et puis on sort dans le jardin en automne pour rire un peu de nos grands sentiments et de nos tentatives de bons à rien. Mais ce qui reste au bout du compte, quinze ans après, c'est qu'on s'est aimés dès les premiers mots et qu'on ne s'est jamais lâchés.

Il tâtonne à la recherche de ses lunettes. Il m'explique que, sans ses lunettes, il n'entend plus. Il retrouve ses lunettes mais je n'ai rien à dire. Il en déduit que je suis une drôle de fille. Je réponds que lui aussi, est un drôle de type. Très étonné, vivement intéressé, il me demande pourquoi. Je reste muette : je disais ça pour meubler, je ne le trouve pas « drôle ».

Par le hasard de la répartition des chambres, il m'avait entendue beugler dans les bras d'un autre. (L'autre, c'est le petit qui cherche ses lunettes parce que sans ses lunettes, il est sourd.) Il s'était donc juré, mollement, d'obtenir un jour le même résultat.

Après diverses tentatives amusantes et pittoresques, il s'avère que je ne l'inspire pas. Rien ne se passe. Sauf ceci, la dernière fois : au dix-huitième étage de l'hôtel, il s'aperçoit qu'on a la chambre 3442 et la clé 3422. Il redescend en rouspétant. Il remonte en ayant oublié ses papiers à la réception. Il redescend, il remonte. Je me marre tellement qu'une fois de plus je reste vierge. Le lendemain, je pars en oubliant les livres qu'il m'a offerts la veille.

Il fut très beau, il est légèrement bouffi. Il est encore beau. Il désire me suivre partout mais je ne sais pas où aller. Il a une telle réputation d'intelligence qu'à chaque banalité qu'il profère, je trouve un triple sens et un deuxième degré. Il est extraordinairement passif, et amusé par tout ce qui bouge. Il fait des jeux de mots lacaniens qui me vrillent les nerfs, et va chercher des croissants le matin – à mon avis, ça ne colle pas ensemble.

Il est américain – un de ces Américains délicats et intéressants qui ne savent même pas ce qu'est un hamburger. Il garde un télex, la nuit, dans un bureau des Champs-Élysées. Le télex papote tout seul, déroulant sa feuille blanche au-dessus de nous, emmêlés sur la moquette.

Il tient absolument à ce que je lui enfonce je ne sais plus quoi je ne sais plus où. (Si, je sais très bien quoi et où : un crayon dans le canal de l'urètre.) Alcoolique, lâche, honteux, mal marié, malheureux, il me ratatine d'angoisse et je nierai jusqu'à la mort toute relation avec lui, même rapide, même oubliée.

C'est une maison maure, une splendeur passée, qui se lézarde au-dessus de la ville blanche et de la baie. Étendu sur le lit, il dit que j'ai la fesse molle et qu'un peu de gymnastique serait souhaitable. Je ricane. Une tache au plafond dessine deux dragons nez à nez. Des escaliers de pierre tournent vers des terrasses envahies de ronces. C'est une maison sans miroirs – juste une petite glace brisée devant laquelle il se rase. Je n'ai plus pour me voir que son regard à lui, et les lézardes des murs, qui reflètent le pire. Je me sens peu à peu vieillir, pourrir et tomber. Au bout de trois jours j'abandonne la maison. Je descends le chemin de rocaille en plein soleil à midi, je retrouve mon image dans les vitrines de la ville, puis dans la salle de bains parfumée d'une amie. Je m'y vois belle, et je sais que je ne veux plus de lui.

Le dimanche, on quitte l'appartement au-dessus de l'école, tous les trois. Ils me tiennent par la main (au milieu) et on marche dans les rues vides, avec les poussières du vent de printemps qui vous voltigent dans les yeux. Ou bien on va au jardin, un joli petit jardin – une chaise longue, un cerisier, une cabane à outils – qu'ils ont acheté derrière la levée de la Loire. (Sur une photo, j'ai cinq ans, une casquette et Friski dans les bras.) Après, on revient à la maison, mon père pose Mozart sur le phono, on mange de la tarte aux pommes. Un rai de soleil passe entre les volets mi-clos, la poussière y valse en silence, tourbillon sur le parquet ciré. À ce moment ils sont heureux. Mais moi, aussi loin que je remonte sur ce parquet obscur, il me semble que je suis dans un coin de la pièce comme une bête énorme, muette et teigneuse. Dangereuse, aussi : je trame un complot, une expédition punitive contre mes seuls alliés sur cette terre, Mozart et la tarte aux pommes. Et peut-être, déjà, contre toute espèce de bonheur.

Bien plus tard, je me briserai totalement, je déraperai dans un ennui féroce, une véritable rage, au point que le simple fait de me laver les mains devant la glace d'un lavabo deviendra une épreuve incompréhensible. (Maintenant je vais beaucoup mieux et je sais : on se lave les mains pour les avoir propres.)

Il me semble avoir été, le dimanche, cette machine en état de guerre. Mais ma mère aujourd'hui m'assure que oui, j'étais assise dans un coin par terre, mais j'inventais des jeux et je riais tout le temps. Juste un peu songeuse à l'occasion, il m'arrivait de mâcher une escalope en carton sans jamais l'avaler, ou de me planter devant Atome (le chat), plus immobile que lui, plus secrète que lui. Juste ça : des vertiges de petite fille, et pas cette haine irréparable.

Elle m'assure aussi que ce n'est pas elle qui m'a enfermée dans les chiottes pour me punir – une tache au plafond dessinait deux dragons nez à nez. C'est moi qui ai tiré le verrou de l'intérieur, qui ne suis plus arrivée à l'ouvrir, et me suis mise à hurler si fort que c'était elle qui avait peur. Elle détient le contre-poison de toutes mes épouvantes, et je sais qu'elle a raison : sur les photos de mon enfance, je suis heureuse.

Mais les dragons de la maison maure, ces moisissures du plafond où naissent les cauchemars, je les connaissais par cœur. Et pour une fois, j'ai fait ce qu'il fallait : j'ai bouclé mon baluchon, et j'ai descendu le chemin de rocaille en plein midi.

C'est un lecteur du journal où j'écris. Il m'envoie de longues lettres talentueuses, pleines d'ironie et de considérations désabusées sur la vie, dans le plus pur style « correspondance d'écrivain ». Un soir de 31 décembre, il m'appelle enfin. On se donne rendez-vous dans un café. Le café est fermé et il piétine dans le froid, sous les arcades de la place des Vosges, une rose à la main. On écluse quelques verres de porto, on s'ennuie vaguement – tout était dans les lettres – et il s'en va réveillonner chez des amis de sa femme. (Cette année-là, je teste le réveillon solitaire, avec boîte de sardines et télé.) C'est avec lui, un autre jour, que je mange de la soupe à la tortue pour la première fois de ma vie. Ça ressemble au bouillon Kub.

L'hôtel est luxueux – on a une suite et deux salles de bains – mais il faut glisser des pièces de cent balles dans le trou du frigo si on veut boire un Coca. La bouteille dégringole à grand fracas tout le long d'un réseau de tuyaux métalliques. Quand on n'a plus soif, on remet des pièces, pour le tapage nocturne. Il adore les femmes, il les bouffe, il les canonise. Il me trouve si belle que, surprenant dans une glace mon reflet à genoux, j'y vois une inconnue qui me plaît beaucoup. Je le vénère depuis vingt ans, par affiches, photos de magazines et émotion artistique interposées. Au petit matin, il passe la tête – sa tête d'affiche – dans ma salle de bains et s'inquiète de savoir si je lui prête ma brosse à dents. On croit rêver.

Il supporte mal que j'écrase mes clopes dans les soucoupes délicatement ciselées où il brûle un encens rare (qui pue, à mon avis). Lui, il sent bon et ne vieillira jamais – angélisme qui demande énormément de boulot. Quand je m'en vais le soir, prendre le bus dont il m'a expliqué l'itinéraire en détail, il me crie dans l'escalier d'être prudente, de ne pas me faire écraser en traversant. Un jour, il me joue une de ces scènes de jalousie – en forme de poupées russes – dont on ne sort pas vivant : sous un argument, un autre, sous une colère, un soupçon inédit. Comme je ne l'aime pas et lui non plus, je descends l'escalier et prends le bus une dernière fois.

J'étais juste venue l'interviewer. Il est mal rasé – détail qui me touche immanquablement, comme la pagaille d'un lit défait. Il me déshabille au rez-de-chaussée et me fait l'amour au premier étage, à une vitesse jamais vue. Et puis il dit : « On aimerait que ça dure plus longtemps, hé ? » Ignorant s'il parle de son score personnel ou de l'amour en général, je souris poliment. Il vieillit en douceur, un peu salement, avec ses copains fidèles et ses projets jamais aboutis. Je le croise tous les deux ans, et chaque fois il me dit : « Tu viens me voir, hé ? » Et chaque fois je dis oui.

Il joue aux échecs comme un professionnel. Il fait l'amour comme un professionnel. Il ne travaille pas. L'idée d'être le petit-fils d'un grand poète suffit à meubler sa vie. Un jour, alors que je bâcle en urgence un article, enchaînée à ma machine à écrire, il vient mourir dans mon lit, grelottant de fièvre, ronflant, transpirant, bafouillant des cauchemars le reste de la journée et la nuit entière. Insomniaque et perplexe, je le regarde faire. Au matin il est guéri, et je suis malade. Je trouve tout de même l'énergie de l'envoyer chercher une nurse ailleurs. Il part en m'abandonnant trois chemises, un jeu auquel je ne sais pas jouer, et un énorme livre de contes de fées qui ne lui appartenait pas.

Il déambule comme un grand échassier perché sur ses angoisses, il vacille, il boit trop, et je serais plutôt amoureuse de son copain. Mais ce soir-là, il m'ouvre la porte et dit avec un sourire exténué : « Pfff… les gamins sont couchés ! » Et ce rôle de papa compétent me donne envie de lui.

Les vaches nous regardent passer sous la pluie. Les flaques de la route éclaboussent le pare-brise. Le paysage en est tout brouillé, les cartes aussi, je le sens déjà. On avale joyeusement les kilomètres, on a décidé qu'il faisait beau pour la saison.

Le papier peint de la chambre est impitoyable. Il représente une migration de radis volants. Énormément de radis foncent sur nous en formation carrée. Il vaut mieux fermer les yeux, et croire à cet amour d'amoureux qu'il joue avec talent et sincérité provisoire. Il me connaît depuis dix ans, il a l'air de me découvrir, comme une fleur étonnante dont il ne soupçonnait même pas l'existence. Une trouvaille, en somme. Ce jour-là je suis la plus belle. Vaguement inquiète, je sens qu'il suffit d'un cheveu pour que je devienne la plus moche.

Pour lui, et pour une nuit blanche, j'interromps six mois de chasteté. J'en conclus absurdement que celui-là, au moins, va m'aimer. Au matin, on se sépare gare de l'Est, les larmes aux yeux : la fatigue, et puis tous ces trains, tous ces gens qui s'en vont et qu'on ne reverra jamais…

Un jour, il m'emmène. On passe la frontière espagnole au crépuscule. Les cyprès dans le ciel rouge et noir, Lorca, l'amour me chavirent l'âme. Il me pompe l'air. Il n'arrête pas une seconde de parler du problème épineux de la chanson française, et des raisons pour lesquelles Catherine Ribeiro a entrepris une grève de la faim.

J'aime que les hommes m'emmènent en voiture. Un à la fois, seul avec moi. Je veux qu'il parle en regardant la route dans l'ombre et la lumière des phares, qu'il me raconte quelle sorte d'enfant il était, et moi tout le long je garde ma main sur sa cuisse pour sentir le muscle accélérer, débrayer, freiner. Ce muscle-là, je le reconnais. Aveugle et obstiné, plus tard il viendra m'écarter les jambes.

J'ai une préférence pour les routes qui arrivent au bord du Rhône à la tombée de la nuit. On est presque dans un lit, enveloppés d'un papier peint obscur qui représente des arbres noirs et des maisons endormies. On est presque dans le bonheur, amnésiques et intacts. On n'a connu personne avant, on va seulement au même endroit, comme dans le premier quart d'heure d'un film, quand tout est possible. On est déjà dans le sud, demain à Barcelone il fera doux. J'aime les hommes qui m'emmènent en voiture, quand ils sont fatigués au bout de la nuit, et veulent du café.

J'ai peut-être trop aimé que les hommes m'emmènent, je ne me suis pas assez demandé où on allait.

Il est peintre en bâtiment, il a une belle gueule d'Italien et il chante sur son échelle : c'est trop beau, ça me plaît. Il a déjà séduit la quasi-totalité des femmes de la petite place où j'habite, et contemple son royaume avec satisfaction. Il me tourne autour gentiment, il ausculte mes murs et calcule des devis, mais refuse de « se donner » à moi. Il ne veut faire l'amour que lorsque je serai « sûre de mes sentiments ». J'en crois à peine mes oreilles. Je fais semblant d'être sûre de mes sentiments mais il se méfie. Une nuit, il vient me réveiller pour dormir avec moi. Il m'enroule chastement dans le drap pour ne pas risquer de me toucher, et passe la nuit à me regarder dormir. Il m'énerve. Enfin il craque, mais n'arrive à rien, hélas. Il est furieux : ce qu'il voulait, c'était mon âme… Puis il repart peindre le quartier, et recommence à me tourner autour avec gentillesse et respect.

Il me montre les plans de son futur avion et, dans une revue d'aéronautique, les modèles d'avions qu'il préfère. Je les préfère aussi, avec enthousiasme, tout en ruminant mon idée fixe : il me plaît depuis longtemps et je le veux dans mon lit tout de suite. Je cherche une phrase légère, brillante et tendre, puisque apparemment il ne devine rien. J'en trouve une plutôt moche, que je m'entends prononcer sans vraiment l'avoir voulu. Il n'est pas surpris du tout.

Il sculpte des femmes dans un bois très doux. Je le retrouve toujours pensif, dans une mer de copeaux. Les taches de rousseur semées partout sur son corps lui donnent l'air d'un petit léopard décoloré. Il est ce qu'on appelle à la télé un « dissident soviétique ». Dans un taxi, un soir chaud d'été indien, il roule effroyablement les *r*. Je lui dis que, de mes études de russe, il ne me reste qu'une phrase. Phonétiquement, ça donnerait à peu près : « V'kantzé kajduille oùlitzi iest morié. » Ce qui veut dire : « Au bout de chaque rue il y a la mer. » Il se demande pourquoi j'ai oublié tout le reste. Il me montre la photo de sa fille dans la neige – une fille de dissident. Il ne comprend pas tout ce que je cherche à lui dire, mais il écoute. Il est doux, et englué dans une passion pour une autre femme, qu'il voudrait bien quitter. Comme la passion pour les autres femmes m'agace, je le quitte.

Il a une couette en canard à une époque où ça ne court pas encore les rues.

C'est un gamin et je ne suis plus une gamine. On fait la course sur les quais de la Seine, on tire les sonnettes, on mange six glaces à la suite. Les cracheurs de feu l'amusent encore. Il est si facilement émerveillé que je me couvre peu à peu de poussière. On dort chez sa sœur. Le lendemain, il dit qu'il ne veut pas m'épouser tout de suite parce qu'il doit d'abord penser à sa carrière.

Il est trop mignon pour être vrai, trop tendre, on s'amuse trop bien ensemble. Il a une trop belle voiture, avec laquelle il part vivre ailleurs : il sort d'un grandiose chagrin d'amour, et l'amour, il en a marre.

Il aime les hommes et les femmes presque également. Il est porté à la tendresse comme d'autres à la neurasthénie. Il s'arrête un moment avec moi, dans un appartement du vieux port, à Marseille en été. On se nourrit de pastis et de sardines au cumin. Il bande facilement, il rit facilement, les mains douces et la bouche surtout, les yeux fermés sur le plaisir. Il a des envies de pleurer – je lui laisse ce mystère, j'en ai aussi. Alors il claque la porte, revient avec des sardines et des fleurs, et passe encore une fois le même vieux disque qui craque (Debussy peut-être, j'ai oublié la musique, j'entends encore les craquements). Tout va bien. J'achète des feutres de couleur et entreprends de dessiner l'appartement, les fleurs partout, la mezzanine de bois clair. Dessiner est un symptôme de bonheur, et ici, tout ressemble au bonheur : lui, moi, le désordre lumineux sous la verrière, les amis et ce moment de notre vie à tous. La rupture se fait doucement, avec la fin de l'été.

Les trois quarts du temps, il respecte vigoureuse-
ment les Droits de l'Homme et le Code du savoir-
vivre. Le quatrième quart du temps, il roule ivre
mort dans ce qu'il vient de renverser – une table de
douze couverts, une dame ou une poubelle. Le lendemain, devant un plateau couvert de jus d'orange,
de Vittel, de céréales et d'Alka-Seltzer, il médite
une opération Primevère : trois mois sans boire et
sans fumer, à faire des abdominaux et tenter de se
trouver une religion. Ces matins-là, il me console
avec fermeté de mes incompréhensibles chutes de
moral.

La biguine est une histoire de vissage et de serrage, de branchement électrique au rythme approximatif du cœur, qui vous amène à chercher d'urgence le premier lit vacant. Bien sûr on n'a guère le temps de parler de son enfance ou des films qu'on aime, ni de s'attacher gravement, ni même d'enlever ses chaussettes.

Attablée devant une pizza mal cuite, je le regarde me raconter la Chine. Je suis contente qu'il soit revenu de Chine. Mais, à cause de la couleur de ses yeux – dorés à paillettes, une rareté –, je retiens très peu de choses de la Chine. Le matin, la douche est si froide qu'on hurle en chœur des airs d'opéra. Parce qu'il a oublié le cadeau chinois de toutes les couleurs qu'il m'avait promis, il m'achète des croissants et une montagne de nounours en pâte colorée. Je trempe les nounours dans le Nescafé.

On joue au black-jack, tard dans la nuit. Puis tout le monde s'en va et il monte dans sa chambre. Il éclate de rire parce que j'y suis déjà – dans son lit, cachée – et qu'il ne s'y attendait pas. Ou bien justement, il s'y attendait. Son rire me glace. Le matin on se promène dans les Puces de Clignancourt. Il y trouve un livre sur les tziganes, qu'il avait prêté, qu'on ne lui a jamais rendu. Il y tient beaucoup, il le rachète. Puis il me parle d'une blonde dont il est amoureux, comme il parlerait à un vieux frère. Je me mets à pleurer parce qu'il fait froid, que je ne suis pas son vieux frère et que je sors de son lit. Il insiste pour me prêter son livre sur les tziganes. Je ne l'ai jamais lu, je l'ai perdu.

Il ne veut pas rester dans cette maison avec moi, avec la mer et les collines, les amis et tous ces arbres qui sentent bon : ça serait trop dur de repartir le lendemain, il préfère éviter ça. Mais finalement il reste.

Quand arrive la fin des vacances, il ne veut pas m'aimer puisqu'il est marié. Il cale, il pleure, les bras sur le volant. Mais finalement il m'aime. Je lui arrache une dernière nuit ensemble, je promets que c'est la dernière et je le crois peut-être. Une nuit de plomb, où chaque geste, chaque désir, quoi qu'on fasse, va vers le matin.

Il s'en va, je tiens ma promesse, je perds six kilos, je romps ma promesse. Il revient pendant un an et demi, mais plus jamais la nuit puisqu'il est marié. Il vient le matin, je le déshabille, on parle l'après-midi, au téléphone.

Un jour, il découvre l'injustice : « Ma femme ne veut plus que je te voie. » Je lui explique que sa femme est la dernière personne à qui il devrait demander la permission de me voir. Il comprend, il découvre la légitime défense. Il parle toujours de m'emmener en Auvergne – j'en piaffe de joie – et ne m'emmène jamais nulle part ailleurs que dans mon lit. (Sauf une fois, au zoo de Vincennes pour mon anniversaire : ça, c'est une bonne idée, on peut me retenir encore six mois avec une idée pareille.)

Avec toutes ces simagrées, il est le seul à m'avoir un jour enculée si brutalement que j'en tremble encore.

Plus tard, il m'écrit : il est content, il a quitté sa femme pour une autre. Il ne faudrait pas le pousser beaucoup pour qu'il ajoute que c'est grâce à moi. Je lui explique que je suis la dernière personne à pouvoir m'en réjouir. Il ne comprend pas.

Les hommes avaient l'air vivants, forts, taillés dans une matière crédible. J'allais vers eux pour la transfusion : ils me prêteraient un peu de leur vie, un peu de leur vraisemblance. Ils m'aimaient à leur manière, ils en avaient les larmes aux yeux, mais ils ne pouvaient rien pour moi et s'en allaient faire des enfants ailleurs. Ils se ressemblaient comme si je les avais moi-même tirés du même moule. J'ai cassé le moule, il ne servira plus : des hommes bruns et mal rasés de préférence, qui trouvent le geste et la parole exacts, qui jouent une partition, avec ce visage incandescent qu'ont les pianistes. Et les heures glissent, et les corps, facilement. Mais tout se brouille au moment précis où je comprends que c'est une sorte de talent qu'ils ont, comme de mentir au poker ou de ne jamais marcher dans la merde. Ce n'est pas moi qui les rends heureux, c'est que tout leur va : le négligé de leurs fringues, leur admirable culot, l'amour et même la pluie. Je tiens beaucoup à être séduite, mais pesée emballée avec ticket de caisse, je me dégoûte. Il y a bien longtemps de ça, mon père savait me séduire. (Mon père est brun et mal rasé.) J'arrivais à reculons avec le carnet de notes à signer – trois en maths, vingt-huit mauvaises notes de conduite – et il disait : « Ça ne fait rien, du moment que tu aimes Van Gogh. » Pour la peine, il m'offrait la correspondance de Van Gogh en trois volumes très lourds, avec les godasses dessinées dans la marge et les tournesols pleine page couleur. Et je devenais à l'instant même une très belle petite personne, pas du tout inquiète de savoir ce qu'on peut fabriquer dans la vie avec une nullité en maths et un amour relatif de Van Gogh.

Et que peut faire une petite fille, quand l'homme est toujours plus grand qu'elle, encore une fois mal rasé, avec ce sourire qui en fait sa complice privilégiée ? Que peut espérer une petite fille d'un homme qui l'aime et qui s'en va ? Tout. Alors elle fonce sur ce fantôme partout mal rasé, partout plus fort qu'elle, qui l'aime et qui s'en va.

Il habite en face. Il passe tout un été pourri à sa fenêtre. Un jour, je traverse. On a toujours envie de se mettre au lit mais on n'y fait rien d'extraordinaire, alors on devient copains. On mange des patates devant la télé, on joue au Yam's, mon chien l'adore. Il me prête sa baignoire, je lui donne vingt kilos de bandes dessinées, que je lui reprends un jour de famine, pour les vendre. Et puis je déménage.

Il adore les raviolis, ou plutôt, il a une irrépressible envie d'en manger avec moi. Hormis ce fantasme ménager, il est normal, c'est-à-dire qu'il fait de moi ce qu'il veut, juste avec la bouche et les mains, et quelques mensonges agréables à entendre : « C'était l'enfer, je l'ai quittée, trop c'est trop, plus jamais ça. » Moi, ce que j'aimerais, une fois, c'est faire l'amour dans la boue (tiède). On mange les raviolis au lit, comme tout le monde, mais il me promet qu'un jour, on ira les manger sur une décharge publique. Promesse non tenue : « Tu comprends, elle s'est cassé la jambe, elle a besoin de moi. »

C'est un self-made-man. Il tient beaucoup à ce qu'on le sache. Les trente premières fois qu'il me raconte comment il est parti de rien pour devenir cet étonnant jeune loup (de gauche), j'en ai les larmes aux yeux. Un soir, il me plaque contre un réverbère – tendance Humphrey Bogart – et dit : « C'est où tu veux, quand tu veux. » Il ajoute : « Y a pas l'feu. » Je trouve que le dialogue a de la gueule, j'adopte un sourire pensif, il disparaît dans la nuit. Le lendemain à l'aube il me réveille : il a décidé que c'était pour ce soir. Déroutée par l'incohérence du scénario, je dis : « Ah ! bon. »

La seule chose qui m'amuse un tout petit peu chez lui, c'est que j'ai connu son frère six ans plus tôt : ça me permet d'imaginer le reste de la famille.

Il est planté au bout du quai, il regarde l'océan, comme s'il attendait. Il est grand, il a les cheveux blonds – de cette blondeur pâle que donnent trop de soleil et le sel de la mer. C'est tout ce que je sais de lui, mais j'espère déjà qu'il n'attend personne.

Je tombe sur lui par hasard, au détour d'une autre pensée. Je lui trouve un air d'enfance, à cause de la blondeur, et aussi d'une jolie bouche sensible sur un sourire carnivore. Je me demande même si c'est un sourire.

Cette nuit-là, je m'approche jusqu'à presque le toucher, et je reste immobile, électrique.

Là-bas, éternellement, le bleu du ciel et le bleu de la mer se partagent le monde. Il est vêtu de noir dans la chaleur, superbe et déplacé – un je-ne-sais-quoi du siècle dernier. Un instant il pose son regard sur moi, vaguement, sans me voir. Un regard sombre, qui se perd au loin comme si, toujours, l'horizon était une menace. Il a la beauté épaisse, parfaite, d'un faux dieu né jadis de la peur des hommes.

Incrédule, je retourne vaquer à mes petites occupations terrestres.

La nuit, il ne me fait pas peur.

Il disparaît quelques jours. Je suis inquiète et soulagée, je l'oublie un peu, mais des détails m'obsèdent : a-t-il l'épaule si dure, et cette cicatrice sur la poitrine, sous la chemise noire ? J'entends sa voix – une voix sourde, atone. Il lâche les mots avec cette flemme désabusée du privé de série noire à cinquante dollars plus les frais, quand viennent l'aube et l'heure du bilan : pas dormi depuis trois nuits, trouvé un cadavre au fond d'une poubelle, même pas gagné de quoi séduire une nymphomane.
(Mais ne mélangeons pas les genres : lui, c'est un pirate.)

Une nuit, il se précise avec une surprenante violence. J'en apprends énormément sur sa manière d'aimer – une manière de brute. Je me réveille broyée, et désolée. L'amour rêvé vous laisse désolé, au réveil.
Je fais bouillir le café. Je le balance dans l'évier, en rogne. J'allume trois cigarettes. Il me rejoint dans la cuisine, ce qui m'étonne un peu. Il a enfin quelque chose à me dire. Un jour, il a quitté son pays – l'Angleterre – pour d'obscures et douloureuses raisons. (Sa voix se casse un peu, là.) À Londres, il était noble et fortuné. Il n'a gardé de cette noblesse qu'un orgueil démesuré et une culture devenue inutile. Depuis, il court le monde, seul. Ou

plutôt, encadré d'une cohorte de salopards tout juste bons à violer des chèvres. Pirate, il sème la trouille sur toutes les mers du globe. Ça ne l'amuse pas plus que ça. Il baisse la tête, comme s'il était encore accessible à la tristesse. Émue, je lui offre du café. Il perd sa vie comme on perd son temps – avec le plaisir raffiné de savoir que cela, au moins, lui appartient. La mort lui fait peur, mais la peur lui plaît. Ce sont les vents de tous les océans du monde qui lui ont donné cette manière de tenir debout dans les naufrages, et de toujours regarder les autres comme des épaves.

La nuit, je l'aime. Il a un nom mais je l'appelle l'Anglais.

Le jour, je sens qu'il m'échappe. Je le traque en douce, je flaire le vent, j'entends des cornes de brume.

Ce matin-là aussi, il y avait de la brume. J'avais traversé le pont pour atteindre l'arrière du brick, où se tenait sa cabine. Il m'avait fallu repousser toute cette racaille de bagnards, d'assassins tatoués et crasseux, qui lui servait d'équipage. (Dieu merci j'en faisais ce que je voulais, je pouvais les noyer tous, si l'envie m'en prenait.) Après ce cauchemar, la cabine était un havre de paix et de beauté, un endroit chaud, orné de tapis et de tableaux. Il me semble l'avoir vu dormir, ce jour-là – lui qui ne dormait jamais –, allongé sur la couchette aux draps soyeux, dans la lumière dorée de la lampe à pétrole. Je n'avais pas osé le toucher. Dans le sommeil, il était heureux.

Il y avait cet autre lit, dans la maison de La Nouvelle-Orléans où il était redevenu un prince – et presque fragile, car il avait baissé les armes, il avait laissé l'amour s'infiltrer en lui comme un poison. Des bougainvillées grimpaient le long des fenêtres et le parfum des romarins embaumait la chambre. Là-bas, il donnait des fêtes. Sa table était chargée des mets les plus rares, un orchestre jouait sur le balcon, son charme faisait le reste. Tout le gratin de la ville était là, mais lui, il détestait La Nouvelle-Orléans, n'appréciant guère ce mélange de fers forgés espagnols et de colonnes grecques, qu'il jugeait grotesque. Comme il jugeait grotesque toute cette belle société affolée par sa prestance et le mystère dont il s'entourait. Il restait pirate. Et il avait raison de ne pas aimer La Nouvelle-Orléans, mais c'est une autre histoire.

Et moi aussi, j'avais raison, pour les cornes de brume : un matin il a levé l'ancre. Le navire vogue déjà vers l'île de la Tortue. Trop loin pour moi. Il m'échappe.

Page 254, furieuse, je lui envoie son destin à la gueule, mais il ne le sait pas encore. Il fait son boulot de pirate. Il aborde un trois-mâts battant pavillon portugais. Un carnage. Il lance des ordres, il regarde ses hommes éventrer, décapiter, sabrer, brûler, égorger. Jamais il ne met la main à la pâte, jamais il ne se salit. Il a bâti un monde de désespérance, il en a créé les lois et les châtiments, il contemple ce monde. C'est une charogne mais je connais sa faiblesse ; il est encore capable d'aimer à en mourir.

D'ailleurs il va mourir bientôt. J'aimerais pouvoir le sauver, mais à ce point du roman, il encombre. Il fait du tort au personnage principal, et je me vois dans l'obligation de le liquider. Il l'a bien cherché : ce n'est pas avec une philosophie de boucherie qu'on fait les happy ends. J'essaie de prendre la chose à la légère : il n'était qu'une image, un homme de papier perdu dans un autre siècle, foutu.

Et puis, page 319, arrivent le jour et le lieu de l'exécution. Un duel, dans le patio de La Nouvelle-Orléans. La tornade se lève, les fenêtres des chambres claquent sinistrement, la pluie en bourrasque plie les arbres, dispersant les pétales dans la nuit, comme des flocons désolés. Un œil sur la rubrique « escrime » du Petit Larousse, je tape le duel à toute vitesse et je chavire un peu : l'Anglais se bat mal. Il est bâti pour vaincre, mais je sens qu'il se laisse faire. Il va mourir consentant. J'ai mal au cœur, je reviens en arrière, je rafistole l'ouragan, je pinaille un revers d'épée, je tergiverse – il est toujours vivant. Et puis il finit par tomber, lourdement, comme un arbre qu'on abat. Je le vois mourir, je l'entends prononcer des paroles de mourant – des mots qui rachètent toutes ses vacheries de vivant. Trop tard. Couchée contre lui sous la pluie, dans la boue et les pétales qui pourrissent déjà, je lui ferme les yeux. Et je sanglote sur ma Brother Electric 3600, désespérée, abandonnée, brisée, ahurie, un peu sceptique tout de même. Comment peut-on chialer sur un pirate cent pour cent chimère, un amour fantôme, un faussaire, l'homme fatal – celui qui s'est toujours penché sur moi, beaucoup trop grand pour moi, beaucoup trop fort, et qui jamais ne m'a emmenée ?

L'été est revenu, dans le Sud. Il y a la mer, le port et l'église. Et, passé le cimetière, les vignes tordues dans les caillasses. Les Corbières ou ailleurs, sous un ciel parfait.

Je ne tends plus la main pour essayer de toucher, je ne force plus l'amour, je me repose. Je me contente de regarder le bleu du ciel – tant de vertige pour ce qui n'est, après tout, qu'une couleur.

J'écluse trois pastis dans le soleil couchant, la mer est calme et je suis délivrée des hommes. Mon chien allongé à mes pieds fait des rêves de mouette.

J'ai toujours confondu l'âme et le corps, j'ai toujours cru à cette idée naïve : puisqu'on prenait mon corps, puisqu'on y mettait parfois tant de cœur et de rage, on prenait l'âme avec.

Maintenant, quelque chose de flou – l'amnésie, enfin – me dit que c'est une autre, qui a tenté d'aimer comme une forcenée. Je me retourne et je regarde cette agitée, cette affamée, avec toute l'affection qu'elle mérite. Elle m'amuse. Et c'est un peu grâce à elle, si je suis heureuse. Elle m'a fabriqué des souvenirs. Vu de loin, tout en vrac, il n'y a pas que du grandiose, mais l'essentiel y est, entre les lignes, entre les nuits : un bruit sourd, fragile et obstiné, comme un battement de cœur dans ta poitrine.

Table

COMPOSITION : NORD COMPO À VILLENEUVE-D'ASCQ

GROUPE CPI

Achevé d'imprimer en mai 2007
par **BUSSIÈRE**
à Saint-Amand-Montrond (Cher)
N° d'édition : 91797. - N° d'impression : 70767.
Dépôt légal · juin 2007
Imprimé en France

Le Voleur de dentelles
roman
(avec Gérard Lauzier)
Orban, 1985

René Goscinny
biographie
Seghers, 1987
rééd. Actes Sud, 1997

William Sheller
biographie
Seghers, 1989

Surgir de l'onde
bande dessinée
(avec Beb-Deum)
Humanoïdes associés, 1993

Tranches de Lauzier
bande dessinée
(avec Gérard Lauzier)
Grand Prix de la ville d'Angoulême
Dargaud, 1994

J'attends un chien
Comment bien vivre avec le meilleur ami de l'homme
(avec Thierry Abric, illustrations de Florence Cestac)
Albin Michel, 1996

Goscinny
biographie
(avec José-Louis Bocquet)
Actes Sud, 1997

Desproges, portrait
Seuil, 2000
et « Points » n° 1685

Bleue comme une orange... la Provence
(photographies de Sonja Bullaty et Angelo Lomeo)
Abbeville, 2000

Provence
(photographies de Sonja Bullaty et Angelo Lomeo)
Abbeville, 2000

La Dernière Nuit
roman
Le Passage, 2002
et « Points » n° P1491

Mes chers voisins
humour
(illustrations de Nicole Claveloux)
Seuil, 2003

L'Odeur de l'homme
chroniques
(préface de Daniel Pennac)
Panama, 2005
et « Pocket » n° 12941

LIVRES POUR LA JEUNESSE

Eulalie et le chat multicolore
(illustrations de Denis Fremond)
Dargaud, 1986

Sacré Raoul !
Seuil Jeunesse, 2002

Jité givré
Bayard Jeunesse, 2003

Comment chasser un monstre, fastoche
(illustrations de Henri Galeron)
Seuil Jeunesse, 2003

Flash dingo : 100 % infos, 200 % rigolo
(illustrations de Diego Aranega)
Bayard Jeunesse, 2004

Suzanne
(illustrations de François Roca)
Seuil Jeunesse, 2004

Le Paradis des ours en peluche
(illustrations de Tina Mercié)
Seuil Jeunesse, 2004

Devine
(illustrations de Diego Aranega)
Tourbillon, 2007